Doña Hortensia
© 2020 del texto: Carmen Gil
© 2020 de las ilustraciones: Miguel Cerro
© 2020 Cuento de Luz SL
Calle Claveles, 10 | Pozuelo de Alarcón | 28223 | Madrid | Spain
www.cuentodeluz.com
ISBN: 978-84-18203-12-1
Impreso en PRC por Shanghai Cheng Printing Company julio 2020,
tirada número 1815-6
Reservados todos los derechos

CUENTO

Doña Hortensia

Carmen Gil   Miguel Cerro

A doña Hortensia le encantaban las líneas rectas.
Y no le gustaban nada las onduladas,
ni las zigzagueantes, ni las curvas…

Por eso, tenía un jardín de margaritas
perfectamente dispuestas en hileras.
No había una más acá, ni una más allá.

Los cuadros de su salón estaban rigurosamente colocados en fila. No había uno más bajo, ni uno más alto.

Su despertador sonaba cada día a las 7:18 en punto.
Ni un minuto antes, ni uno después.

Cada mañana, doña Hortensia se preparaba un mejunje
de miel y semillas y se lo untaba en cuatro tostadas
idénticas. Ni una más grande, ni una más pequeña.

Cuando terminaba, sacaba a pasear a su perro
Tieso y llegaba hasta el quinto pino.
Ni un árbol más lejos, ni uno más cerca.

Después, se subía al autobús 22 y se sentaba
en el asiento 33.
Ni uno más atrás, ni uno más adelante.

Al llegar al parque, les daba de comer a ocho patos,
tres faisanes y dos pavos reales.
Ni a un ave más, ni a una menos.

Una vez en casa, escuchaba el mismo programa de radio, en el que hablaban personas que opinaban sobre todo exactamente igual que ella. Y no movían sus ideas ni un milímetro hacia un lado, ni uno hacia el otro.

Por las noches, doña Hortensia se iba a la cama justo cuando el primer rayo de luna se colaba por la ventana. Ni en el instante anterior, ni en el siguiente.

Así que doña Hortensia hacía exactamente lo mismo todos los días de la semana, todas las semanas del mes y todos los meses del año.

Y si alguien le preguntaba:

—¿Por qué no hace hoy algo diferente?
Ella respondía:

—¿Para qué cambiar lo que está bien?

Sin embargo, una mañana ocurrió algo tremebundo. El despertador de doña Hortensia atrasó y… ¡sonó a las 7:32!

Doña Hortensia no tuvo tiempo de preparar su mejunje.

—¡Qué desastre!

Así que no le quedó más remedio que abrir la mermelada de arándanos que le habían regalado en el súper.

—Hummmm… Está riquísima —admitió al probarla.

Tampoco podía llegar al quinto pino con su perro Tieso.

—¡Qué catástrofe!

Por lo que lo llevó al pipicán de la esquina. Allí, Tieso conoció a una perrita de aguas que le hizo mover el rabo y dar brincos de alegría.

—Guau, guau, guau —ladraba.

A pesar de que se dio prisa, Doña Hortensia perdió el autobús 22.

—¡Qué tragedia!

Y se vio obligada a utilizar, por primera vez en su vida,
una bicicleta de alquiler.

—¡Caramba! Esto de pedalear es una gozada
—tuvo que reconocer.

Tanto se entretuvo que se encontró la cancela del parque cerrada.

—¡Qué cataclismo!

Pero ya que estaba allí, entró en la exposición de cometas de enfrente. Vio cometas con forma de mariposa, de flor, de medusa, de dragón… Además, se fabricó ella misma una preciosa que parecía un pájaro de colores.

En el camino de vuelta, doña Hortensia paró en un descampado para volarla.

—¡Vaya, lo que estoy disfrutando!

El tiempo se le pasó sin darse cuenta y, al llegar a casa,
su programa de radio favorito había terminado.

—¡Qué desgracia!

Doña Hortensia tuvo que sintonizar otro. En él, escuchó
opiniones diferentes a las suyas, que le despeinaron el
pensamiento y le hicieron mirar la vida con ojos nuevos.

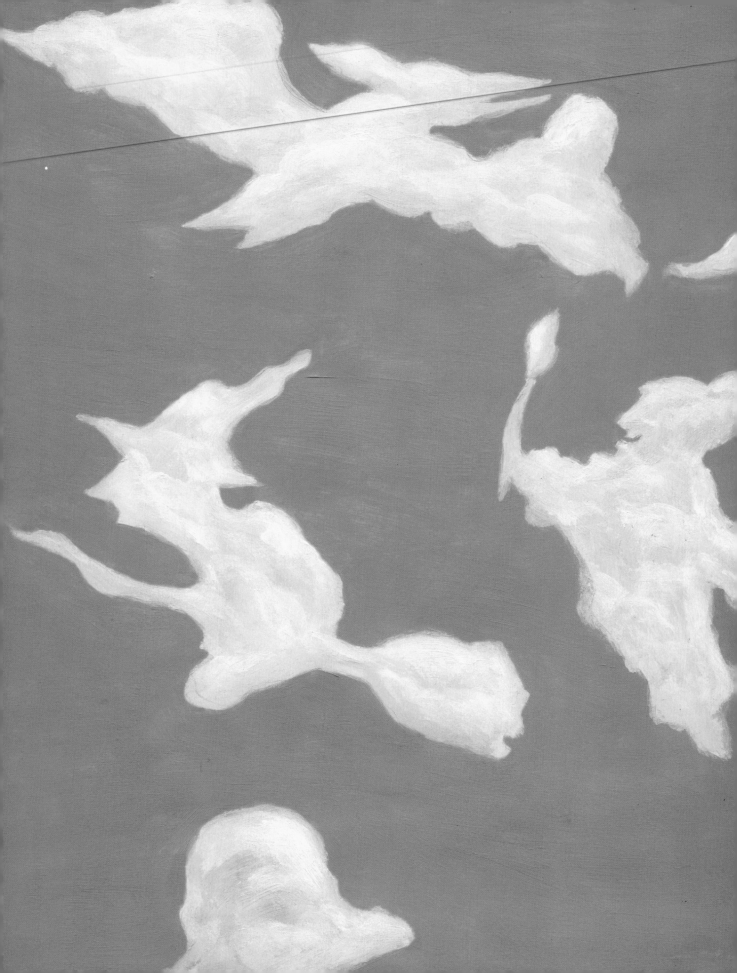

—¡Anda! Si resulta que las nubes, que siempre me habían parecido solo nubes, pueden ser dinosaurios voladores, o brujas con escobas, o hadas madrinas novatas, o naves espaciales…

Doña Hortensia se puso a dibujarlas y se le hizo muy tarde. Tanto que no pudo irse a dormir con el primer rayo de luna.

—¡Qué fatalidad!

Al asomarse a la ventana, se quedó fascinada viendo un puñado de las luciérnagas que flotaba en el aire.

—¡Cuánta belleza hay en la noche!

Y se metió en la cama con el corazón lleno de campanas.

Desde aquel día en que atrasó su despertador, a doña Hortensia le encantan las líneas onduladas, como las que dibujan las olas del mar; las curvas, como la de los labios del señor Guzmán, que sonríen siempre; o las zigzagueantes, como las del vuelo de los murciélagos.

Y cuando alguien le pregunta:

—¿Por qué ya no hace lo mismo cada día de la semana, cada semana del mes y cada mes del año?

Ella responde:

—Porque lo que está bien puede cambiar a mejor. Solo hay que darle la oportunidad. ¡Ni más, ni menos!

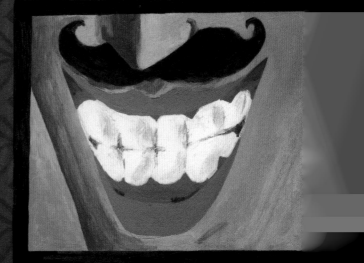